Daniélle Carazzai

AS CORES EU COSTUMAVA VARRER

exemplar nº 164

Curitiba-PR
2025

projeto gráfico **Frede Tizzot**

revisão **Raquel Moraes**

encadernação **Lab. Gráfico Arte & Letra**

projeto gráfico das capas da coleção **Juliano Fogaça**

© Editora Arte e Letra, 2025

C 262
Carazzai, Daniélle
As cores eu costumava varrer / Daniélle Carazzai. –
Curitiba : Arte & Letra, 2025.

54 p.

ISBN 978-65-87603-84-1

1. Contos brasileiros   I. Título

CDD   869.93

Índice para catálogo sistemático:
1. Contos: Literatura brasileira   869.93
Catalogação na Fonte
Bibliotecária responsável: Ana Lúcia Merege - CRB-7 4667

ARTE & LETRA
Curitiba - PR - Brasil
Fone: (41) 3223-5302
www.arteeletra.com.br - contato@arteeletra.com.br

AS CORES EU COSTUMAVA VARRER

| VERMELHO

Passei no Malecón, mas esqueci as chaves. Eles dormem com as portas destrancadas aqui e tenho a impressão de que as bandeiras vermelhas nas janelas desfazem quebranto. Não há ruído rojo que me faça abrir a porta, a não ser o dos seus lábios descolando dos meus. Coppelia diria que tem o gosto gelado do vento que nos recebeu. Não acredito em mormaço, embora tenha a pele queimada.

| VERMELHO II

Estava escuro, mas não era noite. A tensão habitava o ar. Continuei percorrendo as linhas até dar com caixas pretas, seguidamente. Não as pulava como se fossem poço fundo ou buraco negro. Caía, atravessando-as até o outro lado. Isso me fazia vacilar indistintamente entre a leveza e o peso. Talvez Calvino gostasse.

Sei que eram recintos pequenos, por vezes apertados, baixos demais. E eu, claustrofóbica, ainda respirava e me encaixava perfeitamente ali. Em alguns momentos havia claridade, réstias de luz, pausas para tomar fôlego. Ou um soco bem dado na altura do estômago.

Era meu primeiro reconhecimento da casa no Flamengo — e na companhia da ilustre Veronica. De vez em quando eu me via nela. Mas não era como me olhar num espelho, era mais como coincidentemente ter comprado os mesmos sapatos, talvez em lojas diferentes. Eu olhava para os seus pés e notava que caminhávamos no mesmo ritmo e que a música podia variar, no entanto sempre ganhava notas menores em certo momento.

A casa de bolso, numerada só do lado esquerdo, era vermelha, o que eu achava berrante demais. Apenas em um dos cômodos a parede de fundo era azul — talvez para agradar aos gremistas. Uma mancha sangue-seco e um quadro com o que parecia ser um poema incompreensível recortavam o celeste. Alguns passos adiante, pendurada, uma tatuagem em pele original a combinar com o sofá. Tocar as paredes era sentir um líquido morno, saber de um acidente de carro à frente e passar devagar para ver os corpos — sem querer, mas querendo vê-los. Queria tirar as mãos dali.

Havia pessoas em alguns dos cômodos, em tamanhos, quantidades e idades distintos. Dava para ver o bondinho e a chuva de gente. O clima nunca foi estável por aqui. À medida que eu avançava, percebia nitidamente as nuances do vermelho, dos mais suaves aos mais escuros e lodosos. Parecia uma cor que saia do próprio corpo, das suas diferentes partes ou das emoções inomináveis, das intenções impróprias. Melhor, dos atos inenarráveis.

Tudo isso construído à mão por uma mulher. Cada espaço da casa — inclusive aqueles minúsculos, onde não caberia uma vírgula. Mesmo assim era possível entrar. Sair eu já não garantia, nem para homens nem para mulheres de mesmo nome. Um casal descansava em paz lá embaixo, ela sem os óculos.

| VERMELHO III

Descobri cedo que tomateiro não é exatamente uma árvore, mas o pé fica bem alto. Parte da minha família é de origem italiana, então tomate é obrigatório em casa. Nunca gostei da salada — aquelas fatias cortadas à faca, que vão aumentando ou diminuindo a largura a depender do número de pessoas à mesa. O Bartolomeu viu poesia nisso e até escreveu um livro vermelho e amargo — mas poético. Daí que depois de ler eu comecei a gostar de tomate, de pé e de poesia. De árvore eu já gostava.

| AMORA

Um bilhetinho pode resolver um vidro quebrado. Pode resolver quase tudo. Menos a (in)felicidade da amoreira, que é macho e não dá amoras. Isso, de não dar ao mundo o que o mundo espera da gente eu acho bonito. É a surpresa, a arte do contrafluxo. Sinto essa euforia ao pegar a estrada num domingo à tarde, quando todos estão voltando do litoral em carros abarrotados de contrariedade. Um certo prazer me toma, como se o privilégio fosse algo a comemorar. Fato ilusório, já que meu salário sempre acaba antes do mês. Ainda é dia dez.

Desta vez, será só uma tarde, preciso dormir em casa por conta do gato. Ele não suporta ficar preso — coisa que temos em comum. O veterinário não recomenda, mas eu o deixo vagar pela noite até que, talvez, um dia, ele não queira mais voltar. Tenho pra mim que é a amoreira que o mantém aqui. Ele dorme ali na primeira forquilha, onde a vista alcança a janela. Dali ele me observa. Não sei se bem a mim ou outra coisa que chame a sua atenção, porque eu mesmo sou bem insosso, meio esbranquiçado, como os cachos inférteis da árvore, que insistem em não arroxear.

| PRETO E BRANCO

    Disquei 1992 nas teclas daquele telefone transparente dos anos oitenta — que mantive sem motivo aparente após sete mudanças de casa. Você chegou fumando e puxou outra cadeira. Da laje, a gente via um filme em preto e branco projetado na parede do lado de fora. A mosca se fazia ouvir dentro da minha cabeça, mas eu não disse nada — até que o zumbido embrulhou o estômago a ponto de me fazer encurvar. Permaneço com aquela dor. A mosca vive em meus olhos grandes e escuros que nunca mais ouviram falar de você.

| CAFÉ COM LEITE

Assim que cheguei tomei café com leite quente. Minha mãe teria feito pão de minuto, mas não dava tempo. Na praça central de Cuzco toca um música dentro da caixa torácica. É Strauss e eu me demoro. Logo adiante jaz um trem onde todo mundo é fantoche, menos a lhama que mora no meu dedo.

VERDE

Acho engraçado quando me dizem para fazer do limão uma limonada — geralmente naquelas fases em que estou a reclamar da vida. É mais ou menos como me pedir para fazer de um conto um romance, misto de enjôo com boca amarrada. Se escritor de romance desse em árvore, meu limoeiro — que está sempre carregado — teria sido depenado nos últimos três anos — tempo em que estou sentado nessa cadeira de frente para a pequena mata que meu avô plantou. Tento preencher a resma em branco com alguma coisa que seja ácida. Até agora só espremi amarguras, que adoçadas ficaram ainda piores. Penso em tentar kiwi, essa baga de groselha chinesa pode resultar em alguma indisposição literária.

| DESBOTADO

Se o fruto nunca caísse longe do pé, eu estaria hoje no rio das almas batendo roupa no melhor estilo clichê de provérbio. Mas no arvoredo em que nasci passava mula e me piquei de lá aos doze. Ainda lembro das árvores — talvez algumas permaneçam, mas não creio que ainda frutifiquem. É uma imagem mental velha, desbotada, que dói. Choro seco.

| INCOLOR

    Minha mãe costumava dizer que se eu continuasse roendo as unhas nasceria um pé de unha na minha barriga. Ficava imaginando as frutas coloridas com esmaltes berrantes que eu ia poder colher quando a árvore estivesse crescida. Acredito que elas brotariam pelas minhas mãos, lentamente empurrando e substituindo essas quebradiças e descontinuadas que habitam as pontas dos meus dedos. Uma árvore dessas dentro de mim, rasgando meus órgãos, dava medo. Não havia como apará-las do lado de dentro. Aí passei a roer as unhas sem engolir os pedaços.

| MUSGO

Tive um esverdeamento nos dentes de tanto sorrir amarelo. O doutor que mora na casa em frente veio ver. Disse que era meu modo de olhar para a vida, assim meio aguado, sem ânimo. Não confiei porque ele mesmo me parece uma mosca morta. A umidade fez tudo crescer, se agarrando aos entredentes até que eu não pude mais abrir a boca. Sentia o musgo pela gengiva, descendo lentamente pela garganta. Talvez um dia me enchesse os pulmões como cosmopolita e sombrio que é. Foi por esse acontecimento vascular que emudeci por fora. Ainda ando.

IMPERIAL

Em 1972 eu completei dois anos. O bolo parecia feito de carne, mas disseram que eram frutas vermelhas. As papilas sentiam um tipo de sangue escuro, que escorria pouco e lentamente pelas orelhas. Não reconhecia as pessoas, nem mesmo a minha mãe. Fui degustada sem resistência por aquelas línguas velhas, carmim. Ainda não sabia como fincar as unhas na borda da mesa ou cuspir fogo.

| ESCURO

Domingo chegaram os dois caminhões de terra para o jardim que queríamos fértil. Estacionaram em frente e despejaram toneladas daquele preto-fosco adubado. Enterraram-me viva ali mesmo, sem perceber. Não pude respirar com aquela escuridão tomando todos os buracos por onde antes transitava oxigênio. Em dado momento parei de lutar imaginando que dariam falta. O tempo se esgotou e ouvi a prece derradeira de uma minhoca pelo meu ouvido direito.

| ALARANJADO

A criança que eu queria ter era alaranjada. Não aos olhos dos outros, mas aos meus. Não em minha barriga, mas na de alguém. Nunca gostei de criança, mas uma alaranjada era diferente. Tinha aqueles pontos brilhantes como estrelas nas bochechas, o cabelo de fogo, um sorriso branco com gosto doce. Olhos de jabuticaba. Uma criança alaranjada era como ter salada de fruta ou gelatina colorida em casa. Uma festa para quem não gostava de festa, nem de cor, nem de criança. Sensata, nunca tive.

| ARCO-ÍRIS

Na primeira vez que li Francisco fiquei desconfiada de que iria querer mais daquilo. E quis. Li mais duas vezes, três. Ele foi entrando em mim pelos olhos, saindo pela boca. Andava na rua recitando suas frases. Em princípio baixinho, para mim mesma. Gostava de pensar que era ele me dirigindo a palavra, com aqueles cabelos imensos balançando na brisa e no ritmo das nossas passadas. Não seria esse o objetivo do poeta? Ressoar assim, com tanta potência, para que depois os outros nos tomem por loucos?

| AMARELO

Nunca fiquei bem de amarelo, meu rosto deslava. Se coloco batom, parece um grito saindo da boca. Sou obrigada a usar porque meu signo diz que esta é a cor apropriada para a minha energia. As pessoas garantem que fico bonita. O espelho discorda. Sábado resolvi vestir um tom dessaturado que igualmente detestei. A capa do último livro do Ignácio ficou boa, o sol também já se estabeleceu. Mas em mim parece um vômito de papinha de bebê. Existem cento e quinze tons de amarelo. Não tenho vida nem paciência suficientes para testá-las. Talvez eu use o ananás e o anis com um pouco de conhaque para me sentir melhor. A cor mais contraditória da paleta universal é descrita como sendo do otimismo e da inveja. Inveja só se for dos virginianos, que usam azul.

| NIMBUS

A espera foi pacífica. Não tínhamos mais idade para pressa. No entanto, quando olhei você pela segunda vez, já não o reconheci. Da hora do café da manhã na cama até esse fim de dia passou uma vida. Foi sem a bicicleta que você chegou, veio a pé. Isso já causou a primeira dificuldade para mim, tão acostumada a ver aquelas duas rodas diminuindo a velocidade até que eu conseguisse identificar seu tênis encostando na calçada. Uma névoa dissipada no sorriso, acho que no meu. Não pude abrir tudo, alargar os lábios, como o fiz quando você disse que gostava do meu cabelo desarrumado. Agora, os fios estavam no lugar, imóveis. Ao sentar, sua mão pousou na minha. Fria, já que você vinha de fora. E fora estava ventando, ainda chovia. O tédio não estava apenas da janela para fora, parecia em reticências, como o chá de capim limão que serviram na xícara branca. Amargo. Quando me levantei, você já tinha ido. Para sempre.

| CARAMELO

Faz dois dias que moscas, abelhas e pequenos insetos estão voando ao redor da minha cabeça. Tenho lavado os cabelos até duas vezes ao dia e não há o que faça isso parar. Minha mãe passou uma receita com vinagre, não adiantou nada. Sinto um cheiro que ainda não consegui identificar e acredito que seja esse o motivo da atração pelos meus fios castanho-claros. Passei a tesoura rente ao couro e dispus o cabelo em uma panela com um pouco d'água. Fui mexendo devagar até que eles se tornaram um líquido viscoso e aromático. E então me lembrei do pudim de leite da minha avó. Era ela querendo me falar.

| PRATA

A lua estava cheia, mas não pude vê-la. Seguia lavando as roupas que as meninas trouxeram do futebol. E ainda o tênis do mais velho, que vive sujo de lama. Não sei por onde anda esse guri. Preciso fazer a marmita para amanhã, acabou o bombril, o feijão dura até sexta com um pouco de água. Neste momento em que estou só com a noite é que me deparo com assombros. O silêncio e as ausências me permitem. Assim, escondida, sem que ninguém saiba. Eu penso.

OCEÂNICA

A última onda quebrou no mar. Não havia repórter, drone nem celular para registrar o acontecimento. Quem estava no local não deu importância, pois onda é coisa que não se acaba. Ninguém soube de véspera que haveria uma última. Mas sim.

| TERRA

A mão afunda suave no granulado que se assemelha ao útero da terra. Fico uns minutos assim, agachada entre o silêncio e o tempo que não volta mais. Sinto ali meus avós e meu filho como se fossem palavra impronunciável. Embora não chova há tempo suficiente para secar esse misto de minerais e matéria orgânica abaixo de mim, ainda há umidade, ainda respiram as minhocas. A vida é bicho que persiste.

FEL

Os dedos massageando o fígado até encontrarem os problemas mal resolvidos da minha vida e os colocarem boca afora. Passei a manhã limpando repugnância colorida do tapete.

| TURQUESA

    As palavras árabes que minha avó eventualmente pronunciava eram, para mim, poemas mínimos. Após sua partida, eu entrava em mesquitas aleatórias para ouvir o alcorão recitado. O coração acalmava de imediato e a saudade da minha avó pousava ao meu lado. Até que um dia, ao deixar os sapatos à entrada e vestir o véu, senti um nó na garganta. Não era vontade de chorar, era algo que não desatava e que me impediu de falar por sete anos. Acostumei a me chamarem turca, embora libanesa.

| GLITTER

A festa começava às onze. Pelo descaramento do horário fui em trajes de dormir e não houve espanto. Descalço, percorri a sala maior em busca de algo para comer, mas havia apenas whisky e pó. Subi ao quarto da anfitriã para me deitar. No banheiro privado, encontrei maquiagem, adereços, purpurina e vestidos que provavelmente não lhe serviram bem para a ocasião. Vesti o que achei mais adequado ao meu físico franzino, escolhi um sapato alto no closet e resolvi montar personagem. Nunca mais saí.

| SÉPIA

As fotos que encontrei na caixa que você deixou perderam a cor. Só eu cheguei a envelhecer, embora não ache isso privilégio, agora que estou aqui. Gosto especialmente da imagem infinita dos seus oito anos.

| TABACO

Você me disse que não eram sardas. Eram manchas. Dessas que aparecem no rosto quando se toma muito sol, quando a idade avança ou quando a argila queima a mil e duzentos graus. Não sou de procedimentos, sou um tipo de pessoa prática, que arranca ervas daninhas pela raiz. Ainda há força suficiente nos braços para desencravar pintas de tristeza.

| ÚRICO

Nunca havia comido carne, no entanto as purinas diziam o oposto. Ninguém sabia se estava mentindo, se alguém estava subtraindo informações ou se o exame era inexato. Ela insistia que era o feijão em dose cavalar. Nunca chegou a cavalgar e no tempo infinito em que esteve hospitalizada esvaia líquido fluorescente. Por último, pensou que deveria ter cravado carne entre os dentes até sangrar a própria consciência. Não morreria de desejo.

| PRETO-MARFIM

O marfim-queimado dá origem a um pigmento preto-profundo. Um lusco-fusco monocromático que arde como merthiolate no corte. Que dói como súplica de elefante. Se os impressionistas se impressionassem, certamente considerariam preto cor. E não ausência. Falta sinto eu do meu preto, que foi embora para nunca mais.

| PÁLIDO

Naquela casa não se podia falar alto, fazer barulho ao mastigar, deixar as coisas fora de lugar. Mas não se sabia quais eram os lugares certos. Existia uma palidez vívida naqueles seis olhos caídos, que nunca puderam se levantar. Por conta desta perspectiva submissa, menor, os três corpos atrofiaram em corcundas. Já não podiam se mover. Como cupinzeiros sem cupins, com respiração curta, resistiam provavelmente por motivo torpe.

| VINHO-REBU

Uma fresta na cortina deixava o sol entrar como réstia exatamente no olho esquerdo. Calculou sem exatidão que dia era, se precisava mesmo desgrudar daquele conforto enjoativo. Achou que não. Abriu o segundo olho que enxergou a parede desocupada em fosco tom rosado. Talvez a bebida tivesse causado uma espécie de glaucoma vínico. Abriu o terceiro olho.

| ÂMBAR-BASTARDO

Talvez seja comum a todo ser humano ter um verão inesquecível. Digo inesquecível, não maravilhoso. Pode ser um tempo de total desgraça, de profundo desespero, de perdas imensas. Ou não. Mas se for verdade que isso nos acompanha, e especificamente na estação mais quente, estou certo de que é algo relacionado ao tom da luz. Esta que não se pode ouvir ou lamber. Não se pode tocar. Possibilidades limitadas aos sinestésicos, que são apenas quatro por cento da população mundial. Inexplico isso a quem me pergunta qual foi o meu tempo de fabuloso estio. Porque não há palavra solta que junte o âmbar inventado. Ainda que esse buraco de minhoca bastardo esteja unicamente na minha retina, não ouso desatravessar.

| BRANCO

Esqueço algo todos os dias. Chave, celular, dentista, brincos, reunião, bolsa, passar fio dental, cortar unhas do pé, avisar que cheguei bem. O restaurante da esquina já tem até meu telefone — de nada adianta quando deixo o aparelho lá. Na conveniência do posto de gasolina me conhecem por esta inconveniência. Mas tenho me lembrado de coisas. Coisas que sonhei ou que inventei ou que aconteceram, obviamente entrecortadas por lacunas que eu mesma preencho. Fato é que tenho mais memórias do que esquecimentos — mas cabeça não é objeto que se esqueça por aí, embora minha mãe e meus professores achem que sim quando me perguntam onde estou com a cabeça.

| PECADO

Ela podia sentir o olhar dos convidados à mesa. Lascivo, carnal. Era um esforço sorrir com resiliência. Sorrir como se inocente — e este fato ateava ainda mais fogo às vistas cobiçosas de uma cor que ela reconhecia como sua, mas não como provocativa ou serviçal. Foi nesta época que a chamaram de louca, de inadequada. Ela saiu do quadrado, do círculo e foi triangular com os seus. Foi pecar como bandeira libertária. Colocou suas coxas à mostra e bradou ao mundo que ali é vespeiro.

Deu jeito de sobreviver. Mais do que isso, deu jeito de impor suas condições ao mundo. Foi atrás de tudo o que era possível conquistar. Dobrou-se até não precisar dobrar-se. E nesse cardápio de possibilidades aviltantes, esticou a corda. Ainda que no limite, trouxe outras pecadoras ao palco. E ali, pecaram juntas tendo deus como mero expectador do livre arbítrio. Era Ogum quem as acompanhava. O pecador era outro. Elas forjaram suas próprias armas como quem inaugura reparação.

| BURRO QUANDO FOGE

Chego até a oitava esquina. Olho para trás. Parece que os despistei por enquanto. Sento recostada a um barranco, evitando que me avistem da rua. Recupero o fôlego. Sede. A sola dos pés estão queimadas pelo asfalto escaldante. Sei lá como consegui me safar, instinto de sobrevivência. Sei que minha pele arde como se estivesse viva. Como se eu estivesse viva. Mas a morte já me consumiu, isto é apenas um corpo que vaga. Tenho dúvidas que nenhum ser vivo teria capacidade de sanar. Tenho cicatrizes de uma vida anterior da qual não me lembro. Mas você chegou e disse que me conhecia de antes. Antes quando? Você também não soube precisar. Então ficamos ali, em silêncio. E realmente parecíamos íntimos. Ninguém consegue ficar em silêncio ao lado de desconhecidos. Não sem se sentir desconfortável. Eu estava calma. Olhava para seus pés enfiados em um chinelo que exibia as unhas aparadas. Isso me indicava que você era de uma classe social acima da minha. A última coisa que penso, em minha parca realidade, é cortar unhas. Elas quebram naturalmente, como as dos vira-latas que passam pela praça. Mas tento manter a higiene quando vou até a fonte, dia sim dia não. Os guardas municipais não permitem, portanto é preciso enfrentar o frio da madrugada para isso. Ontem encontrei um sabonete na borda e consegui lavar melhor os cabelos. Não raspo, acho feio. Uma van nos convidou a entrar e fomos não sei para onde. Sinto saudades deste dia sem cor definida.

| MARROM-VELUDO

Um cervo cansado entrou na mata em que eu me encontrava para chorar. Deitou ao meu lado e adormeci em seu torço meio marrom meio brando.

| PRETO-ALCATRÃO

O pulmão estava tomado pelos mais de quarenta anos de fumaça, disseram. No entanto, você me confidenciou que nunca colocou um cigarro sequer na boca. Sua boca passeou por outras paragens, mas nunca estacionou no cinza. Era um mistério esse rescaldo se fixar ali em um órgão vital.

Devo confessar que sua aparência não era das melhores. Comecei a pensar o que faria caso você morresse ali, numa cama de hospital. Não havia dinheiro nem para um enterro decente. Pensei em sepultá-lo nos fundos de casa, na pequena mata fechada. Quem se importaria? Falei sobre isso e você aceitou de pronto, me pedindo para descansar perto da aroeira que plantamos juntos num verão longínquo. Definido isso, me concentrei em animá-lo para que não precisasse cavar terreno pedregoso na idade avançada em que me encontro. Sim, viver era melhor. Apesar.

AMARELO-VELHO

Com cinco anos de idade ele disse que queria ser velho. Eu respondi que um dia ele chegaria lá, mas que iria demorar um bocado. Abriu um berreiro, queria ser velho já. Então, meio sem saída, eu acatei seu desejo.

ÁGUA-MARINHA

A mãe invejava a jovialidade da filha. Era como se seu canto de sereia tivesse esgarçado a ponto de ninguém mais ouvir. O feitiço agora era em outro tom, mais agudo, mais vívido. E aos poucos ela se tornou apenas flutuante. Olhava para o céu em dias de sol e isso afetava seu fluxo de consciência a ponto de evocar emoções adormecidas. Lembrava da única mulher que amou, do tempo que passou como ventania, dos barcos que afundou até se cansar da maldade. Era uma mãe abandonada às águas inacessíveis, mas até nesse lugar havia uma beleza singular. As baleias que a acompanhavam de vez em quando permitiam que ela recostasse para descansar. Era como se sentir bem-vinda, como se o leite materno voltasse a fluir benevolente.

| CINZA-MOFO

Descobri que na última mudança esqueci duas caixas na casa do meu ex-marido. Agora, que as desavenças deram trégua, talvez eu pudesse mandar mensagem para saber que fim levaram. É verdade que provavelmente não há nada de que sinta falta, já que sobrevivi quase uma década sem elas. Mas, vai que tem lá uma carta, um bibelô de viagem, um chinelo de praia do qual eu nem sabia que estava com saudades. Meu medo é encontrar algo que me leve de volta ao estado de espírito cadavérico que me fez companhia à época. Seria possível regredir a esse ponto? Estaria disposta a correr o risco?

Ele viu a mensagem e ainda não respondeu. Considerei que provavelmente já tenha se desfeito das minhas tralhas e esteja deveras constrangido com essa minha intervenção tardia. Tento não pensar mais nisso. Abro um livro, tomo um café, ando pela casa. Olho novamente para o celular. Nada. Sinto um embaraço que começa a subir do estômago para o canto do olho esquerdo. Tudo que me acomete é pelo lado esquerdo — isso era uma coisa que nos separava, a esquerda e a direita. Ao ponto de nos rasgar ao meio e, depois, em pedaços mínimos.

A semana começa sem notícias do lado de lá. Chego em casa tarde na segunda-feira por conta do aniversário de uma amiga. Na porta, as duas caixas me aguardam com uma camada de pó que não sei identificar se é por conta do tempo que estiveram paradas em um canto qualquer ou se por causa da tonalidade de tudo o que cercou a nossa convivência. Empurro ambas porta adentro, uma leve a outra mais pesada, acomodadas provisoriamente na lavanderia. Isso faz dois anos já e elas passaram a ter uma película branca por conta da umidade. Gosto de pensar que ali há alguma vida nascendo, que não fomos totalmente aniquilados.

TELHA

Quando criança, eu não gostava do barulho da chuva nas telhas de casa. Podia significar enchente, sair correndo para salvar colchões, tevê, roupas, documentos, uniforme da escola. Essas coisas que importavam mais para a minha mãe. Ficava acordada ouvindo a intensidade dos pingos. Escutava também o ar entrando e saindo dos pulmões dos meus irmãos menores. A minha mãe dormia no mesmo quarto, mas a respiração dela não era audível. Talvez estivesse acordada como eu. Esperando, rezando para que o ritmo fosse lento, para que cessasse em breve. Jesus nos olhava da parede como se não tivesse controle sobre isso, isso das coisas terrenas. Mas me acalmava mirar seus olhos azuis, que eu sabia estarem ali mesmo na escuridão. A fé é uma coisa que mantive dessa época. O medo da chuva também, embora esteja no nono andar e não haja batuque no telhado. Apenas os desenhos aleatórios que escorrem pela janela. Ainda não durmo.

LARANJA-CASTANHO

Cabelos loiros, olhos verdes e azuis eram os cobiçados pelos meninos da minha turma da quinta série. Eu era toda castanha, um tom marrom meio alaranjado, difícil de definir. Parda, para fins de formulário de inscrição em qualquer coisa. As indústrias cosméticas tinham agora produtos para peles de tom parecido com a minha. Achava bonito isso de se importarem. Depois entendi que era apenas o mercado, era levar a gente para o consumo, abocanhar mais um público. Engolir, na verdade. Se bem que eu achei linda a Taís Araújo num comercial.

| SALMÃO

Saiu para pescar com os dois filhos maiores. Temia voltar sem alimento e olhou pela última vez para os olhos marejados da esposa.

| VERDE-VENENO

Nunca gostei de salada, ainda mais verde. Lá pelas tantas meu médico recomendou um cardápio menos infantil e fui obrigado a inserir cores na alimentação bege que eu tanto gostava. Espinafre, couve, alface, rúcula, repolho, radiche, almeirão, chicória. Minha geladeira parecia uma floresta. Até suco verde — intragável — me convenceram a beber. Em determinado momento, achei que fosse sucumbir ao universo vegano, ou ao menos tornar minha alimentação uma bandeira ecológica em tempos de crise climática. Mas bastou passar em frente à churrascaria do bairro vizinho em um domingo para minha disciplina vir abaixo. Pulei o buffet de saladas e foi como se o sangue voltasse a percorrer minha face esquálida — mas saudável. Havia sangue também em minhas mãos. Carneiros, bois e porcos estavam mortos por conta da minha fome, da minha total irresponsabilidade, da minha vontade supostamente superior. Esse pensamento durou poucos segundos. Você está há zero dias sem incidentes.

MOSTARDA

Comprei um vestido mostarda, dizem que está na moda. Assim como os sofás e as paredes desta mesma cor. Tendência. Agora nada do meu guarda-roupa combina e precisarei trocar todas as peças para poder usar o vestido no inverno.

| MERCÚRIO

Abriu um corte entre o joelho e o tornozelo, enorme. O Joel me levou para casa na garupa da bike dele, correndo feito louco porque o sangue escorria sem parar, formando uma linha por onde a gente passava. Quando minha mãe viu aquilo tomei primeiro uma bronca rápida. Depois ela me pegou no colo e correu para o posto de saúde. Não me lembro de chegar lá, acho que desmaiei no caminho. Quando dei por mim, ela estava na cadeira ao lado da maca, dormindo. Devia estar exausta e eu não pronunciei palavra. Fiquei ali olhando para o teto, pensando no trabalho que tinha dado a ela. No dia que ela perdeu o dinheiro da faxina. No cansaço de ter filhos. Ela abriu os olhos e veio me abraçar em lágrimas. Saímos de lá e paramos na farmácia para comprar antiséptico. Amanhã tem aula.

ABRICÓ

    Quando ela chegou com aquele bolinho de pêlo eu disse que não iria dar para ficar com ele. Sim, é lindo, é fofo e tal. Mas, Clara, a gente não tem tempo nem para transar, que dirá para cuidar de outro ser. Não basta cama e comida. Ela baixou os olhos. Disse que iria anunciar nas redes sociais para ver se algum amigo adotaria aquela coisinha mais linda do mundo. Sebastian ficou com ele. Já eu, fiquei vazio.

| VERMELHO-VERGONHA

Era a primeira vez que se encontravam fora da rede. Pensou em um batom vermelho que já explicasse de cara sua intenção. Uma noite fora do casamento, uma experiência de liberdade reprovada pela congregação que frequentava, um embaraço intencional. O apartamento dele ficava perto de casa, então resolveu ir a pé. Vou sair para tomar um ar. Ahã, foi a resposta que veio do sofá da sala. Estava sem calcinha e com seu tênis mais confortável. Nada de salto alto. Não queria parecer habituada a estes modos extraconjugais. Traz um cigarro? Claro.

| VIOLETA

Era viciada em violetas. Tinha de todas as cores e elas adoravam a janela daquele cômodo. Nem muito quente, nem muito frio, com umidade que permitia a florada cada vez mais abundante. O túmulo de Antônia está sempre colorido, embora ela tenha sido uma mulher sem raízes.

| FERRUGEM

As articulações estavam enguiçadas, doíam mais no inverno. Na boca, sentia um gosto estranho, não sabia de onde vinha. Talvez da falta de dentes, do acúmulo de saburra lingual, da falta de bebida alcoólica ao longo da vida. Fato é que era possível ouvir tudo que o que estava enferrujando naquele corpo velho. Dizem que isso acontece, nem todo mundo aceita ou faz alguma coisa para melhorar a situação. Era o caso.

Ela insistia em subir escadas íngremes ou sentar de cócoras. Ninguém se importava com a teimosia, até que a ausência na missa dominical chamou a atenção. Adélia resolveu passar na casa vinte e três para verificar se estava tudo bem. Tocou a campainha e ouviu um som vindo dos fundos. Deu a volta pela lateral do terreno e encontrou a proprietária virada do avesso, pendurada em um galho de amoreira. Os olhos esbugalhados, ainda vivos.

Pediu ajuda na rua e mais gente veio ajudar. Recuperaram a escada caída no chão batido e desembolaram braços, pernas e cabelos meio arroxeados enroscados nos galhos — como se já fizessem parte da árvore. Não se sabia se eram manchas das frutas ou hematomas. Acomodaram a residente em uma cadeira até que pudesse se recuperar. Trouxeram água, um agasalho. O semblante indecifrável.

Foi vista pela última vez andando de bicicleta, sem as mãos no guidão, a dois bairros de distância.

| MARROM-OLIVÁCEO

Existia um caxinguelê que não existe mais.

| OFF-WHITE

Esfregava aquelas meias como se sua vida dependesse disso. Água quente, vinagre, detergente, açúcar, bicarbonato de sódio. Era seu grande orgulho que outras mães viessem perguntar como ela fazia para manter as peças tão brancas. Aconteceu de um dia ela usar todos os recursos dos quais dispunha e restar um tom claro-sujo persistente. Esfregou com força, sem pausa, até seus dedos esfolarem. Até que as mãos ficassem em carne viva. Até que as lágrimas se misturassem à água quente da bacia. E nem o sal funcionou.

À GUISA DE POSFÁCIO

Chaves esquecidas, quebranto desfeito: então as cores a costumar bandeiras, ter gosto de vento, crer no mormaço e ser ar antes de ser noite. Linhas perseguidas, feito de réstias, como olhar no espelho é fôlego. Livro de Daniélle Carazzai é isso de frutas e cuspir fogo num olhar trazendo quadros poemas passos chuva de gente é socorro. Parecer cor nos instantâneos que se azulam e que se inflamam nos gestos de gostar de árvores. Línguas e segredos do carmim que escorre verde alaranjado.

Não se varre a violeta que acabou de se mostrar segredo e abundante. Com ou sem os óculos, ver grande e ver o pequeno, do bilhetinho ao contrafluxo, da janela ao salário, da mosca que escapa no mesmo minuto em que o pão cresce feito a caixa torácica. Nos dedos musgo, nos âmagos a boca que se abre e tem ânimo (cosmopolita) de broto e de colorido acontecimento. Chega a terra tão querida, chega fértil o oxigênio e chega o tempo: feito um ponto brilhante, feito o que entra pelos olhos e o ritmo da brisa antes dos objetivos. Isso é exercício de turquesas e raízes.

As cores não varridas contarão úteros e silêncios, mas menos do que a umidade e a persistência dos bichos, mas menos que as repugnâncias, menos que as palavras em língua de avó, são sapatos imediatos que atravessam pontes e vazios. É tudo o acalmar imediato e é tudo a festa incomeçada e náufraga – toda ocasião de purpurina. No infinito de oito anos, o compasso e o labirinto se esquecem de si pois há pressa de sol e de pigmentos profundos. Tudo vai embora nunca mais. Para ficar num aqui de palavras.

Os olhos se levantam no fim das contas a fresta é o que permite alvoroço em tom fosco abastardado; o que ora grita fundo e fabula, grita fundo e inventa, grita fundo e é sim-retina. Nada se esqueça: esse livro triangula, dobra-se, investe, fresta, sapateia, inaugura e repara. Repara bem nisso: os convites transparecem muito em suas cores indefinidamente auroras. Os convites – brandos veludos não mais adormecidos, são. E aqui repousam, aqui tomam, aqui se confessam: estão.

Luci Collin

SOBRE A AUTORA

Daniélle Carazzai é curitibana, jornalista, escritora e artista visual - não necessariamente nesta ordem. Tem predileção por narrativas curtas e absurdas. Vive na área rural de Campo Largo, no Paraná, onde toma banho de floresta, cultiva cogumelo e cria peças em cerâmica. Seu primeiro livro, "Aqui tudo é pouco", foi lançado em 2022, pela Arte&Letra, selo Esc. Escola de Escrita. Participou de algumas antologias, publicações e coletâneas, incluindo o jornal Cândido, da Biblioteca Pública do Paraná, e a revista literária Julia. Foi mediadora da mesa "Ficções e Construções", com Luci Collin, na Flibi, e conduziu a conversa "Milvozes", com Alice Ruiz, no II Festival da Palavra de Curitiba. Em 2025, além de "As cores eu costumava varrer", participa da coletânea "Curitiba Inimaginável", que reúne histórias da cidade escritas por autores como Dalton Trevisan, Luiz Felipe Leprevost, Julia Raiz e Giovana Madalosso.